A Harvey — A.M.

A toutes les tortues — J.H.

To Harvey — A.M.

To all fellow tortoises — J.H.

First published in Great Britain in 2001 by
Frances Lincoln Children's Books, 4 Torriano Mews,
Torriano Avenue, London NW5 2RZ
www.franceslincoln.com

This edition published in Great Britain and in the USA in 2009

British Library Cataloguing in Publication Data available on request

ISBN 978-1-84507-946-8

Set in Perpetua

Printed in Singapore

1 3 5 7 9 8 6 4 2

La Tortue *et le* Lièvre

Une fable d'Esope

The Tortoise *and the* HARE

An Aesop's fable

Réécrite par Angela McAllister

Gravures sur bois de Jonathan Heale

F

FRANCES LINCOLN
CHILDREN'S BOOKS

Un beau jour, la Tortue entendit le Lièvre se vanter devant plusieurs lapins:

«Je suis tellement rapide que je peux aller plus vite que le vent !».

Les lapins en étaient ébahis.

One day, Tortoise overheard Hare boasting to some rabbits.

"I can run so fast, I leave the wind behind," said Hare.

The rabbits were amazed.

«N'importe quoi», dit la Tortue, sortant laborieusement d'un plant de rhubarbe. «Moi, je pourrais te battre à la course.»

Le Lièvre baissa la tête vers la Tortue: «Ceux qui sont petits et lents, ça ne vaut pas la peine de faire la course contre eux» dit-il, et il franchit le plant de rhubarbe d'un bond.

Les lapins applaudirent.

La Tortue plissa les yeux et répondit: «Alors tu crois que tu peux me battre, hein?»

"What nonsense," said Tortoise, creeping out of the rhubarb. "I'll give you a race."

Hare peered down at Tortoise. "Short, slow people aren't worth racing," he said, and he leapt right over the rhubarb.

The rabbits cheered.

Tortoise squinted up at Hare: "Think you can beat me, eh?"

«D'accord», dit le Lièvre. «On va faire la course: aller-retour jusqu'à la haie.»

«Ce n'est pas assez loin», déclara la Tortue. «On va faire la course le long du sentier, jusqu'au pont qui est au bout du pré, derrière le moulin.»

Marché conclu.

Le Lièvre bondit sur le sentier. La Tortue se mit laborieusement en route, lentement mais sûrement.

"Right," said Hare. "I'll race you to the hedge and back."

"That's not far enough," said Tortoise. "We'll race down the lane, past the mill and across the meadow to the bridge."

So it was agreed.

Hare bounded off down the lane. Tortoise started to creep along, slow but sure.

Le Lièvre arriva bientôt au moulin. Dans le jardin du meunier, il aperçut une rangée de carottes.

«Cette vieille tortue toute ridée en a pour des heures», se dit-il. «J'ai bien le temps de manger un petit quelque chose».

Et il s'attabla devant la carotte la plus juteuse.

Hare soon reached the mill. In the miller's garden he spied a row of carrots.

"Old wrinkly won't be coming by for hours," he said.

"I've got plenty of time for elevenses." He helped himself to the juiciest carrot.

La tortue cheminait lourdement le long du sentier. Elle savait bien que le Lièvre raffolait des carottes...

Tortoise plodded down the lane. He knew very well that Hare liked carrots more than anything ...

Le Lièvre profita bien de son repas, puis se remit en chemin. Il était midi, et le soleil frappait fort. Quand il atteignit le pré, il était repu et fatigué.

«Cette vieille tortue à la peau toute plissée est à des kilomètres derrière moi», se dit-il dans un bâillement. "J'ai bien le temps de faire une sieste." Il s'installa à l'ombre d'un arbre et s'endormit.

Hare enjoyed his meal, then continued on his way. The midday sun was hot. When he reached the meadow, he felt full and sleepy.

"Old baggy-drawers will be miles behind," he said, with a yawn. "There's plenty of time for a nap." He settled down in the shade of a tree and went to sleep.

Quand la Tortue atteignit le moulin, elle trouva des fanes de carottes éparpillées par terre. Elle sourit et continua sa route, lentement mais sûrement.

When Tortoise reached the mill, there were carrot tops lying scattered on the ground. Tortoise smiled and carried on his way, slow but sure.

Quand elle arriva dans le pré, la Tortue dépassa le Lièvre en silence, sur la pointe des pattes. L'oreille de celui-ci frémit, mais il ne se réveilla pas. La Tortue était fatiguée et elle avait chaud, mais elle ne s'arrêta pas. Elle continua d'avancer, lentement mais sûrement.

Tout l'après-midi, la Tortue fit chemin à travers le pré en se trainant péniblement dans l'herbe.

When he came to the meadow, Tortoise tiptoed silently past Hare. Hare twitched an ear, then went on sleeping. Tortoise was tired and hot, but he didn't stop. He just crawled along, slow but sure.

All afternoon Tortoise trudged on through the grass.

Pendant ce temps, le Lièvre rêvait qu'il bondissait au dessus de la lune, et que les lapins l'applaudissaient.

Meanwhile, Hare dreamt he was leaping over the moon, while all the rabbits cheered.

Le bruit des applaudissements le réveilla.

A sa plus grande surprise, il vit les lapins et d'autres

animaux qui applaudissaient bruyamment la Tortue,

qui s'avançait avec peine vers le pont.

The cheering woke him up.

To his surprise, he saw the rabbits and other animals

cheering loudly as Tortoise struggled towards the bridge.

Le Lièvre se rendit compte qu'il n'avait

plus une seconde à perdre.

Il traversa le pré d'un bond. Mais trop tard!

La Tortue atteignit pesamment le pont,

et gagna la course!

Hare realised he hadn't a moment to lose.

He bounded across the meadow – but was too late.

Tortoise lumbered on to the bridge

and the race was won!

La Tortue était épuisée. Le Lièvre se sentit tout penaud.

«Je suis peut-être rapide, mais je ne suis pas malin», dit le Lièvre. «Je ne me vanterai plus, promis».

Les lapins applaudirent de nouveau.

«Tu as raison», dit la Tortue dans un bâillement. «Et maintenant, si tu me portais jusqu'à chez moi? Une championne, ça a besoin de repos!»

Tortoise was exhausted. Hare felt a fool.

"I see I am fast, but not very wise," said Hare. "I promise not to boast any more."

The rabbits cheered again.

"Quite right," said Tortoise, with a yawn. "And now, how about carrying me home? One of us champions needs a nap!"